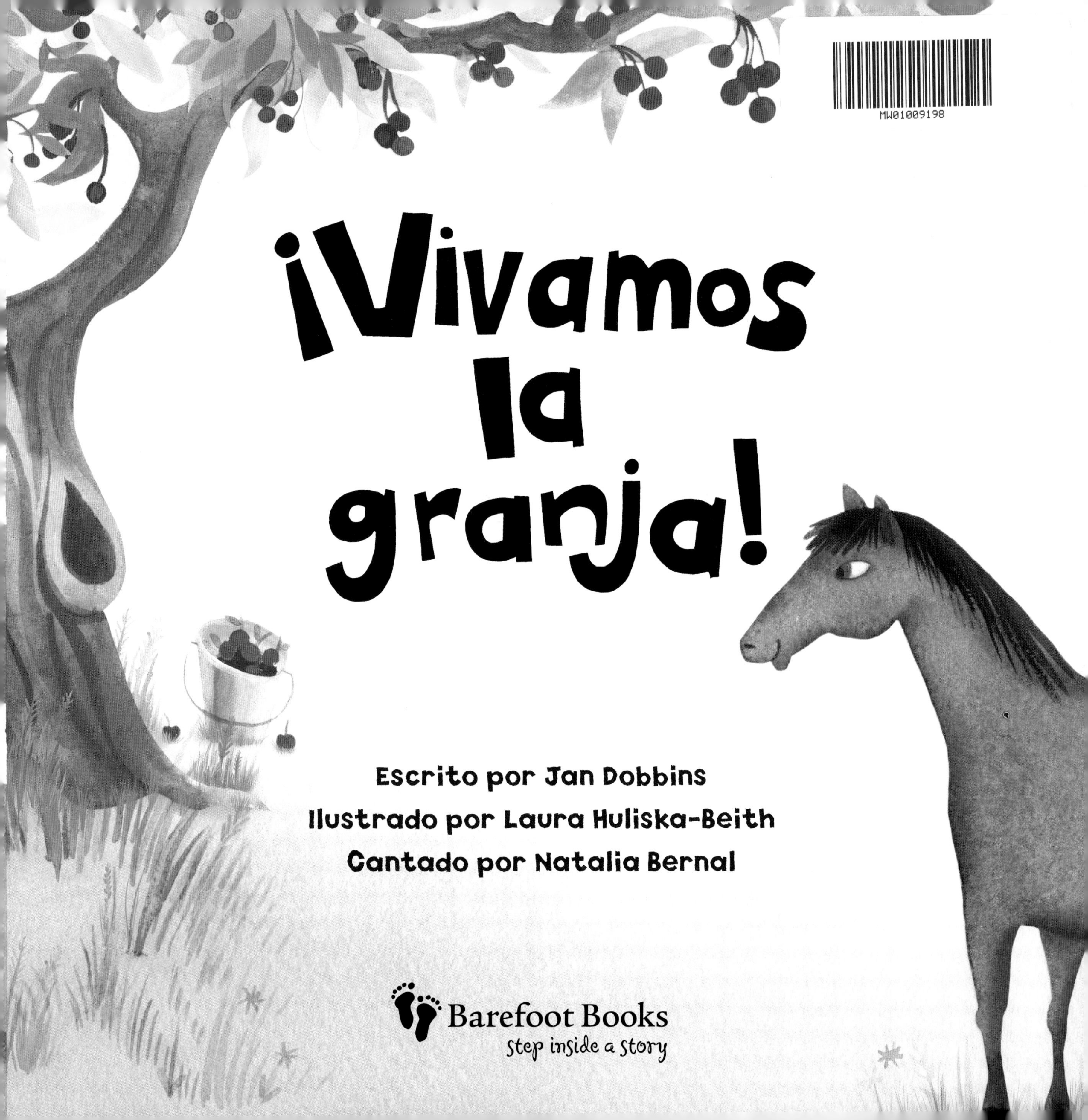

¡Vivamos la granja!

Escrito por Jan Dobbins
Ilustrado por Laura Huliska-Beith
Cantado por Natalia Bernal

Barefoot Books
step inside a story

Salen los granjeros; van a trabajar.

Salen los niños, listos a empezar.

Todos van juntos, y este es su cantar:

1, 2, 3, somos granjeros, ya lo ves.

Es hora de ordeñar a la vaca Anabel.

¡Cuidado! ¡Patea! Trátala muy bien.

¿Cuántos cubos hay? ¿Cuántos ves?
1, 2, 3, somos granjeros, ya lo ves.

Al gallinero nos vamos, a todo correr.
¿Cuántos huevitos voy a recoger?
Tómalos despacio; se pueden romper.
1, 2, 3, somos granjeros, ya lo ves.

Y en este huerto que vemos aquí,
ricas cerezas esperan por ti.

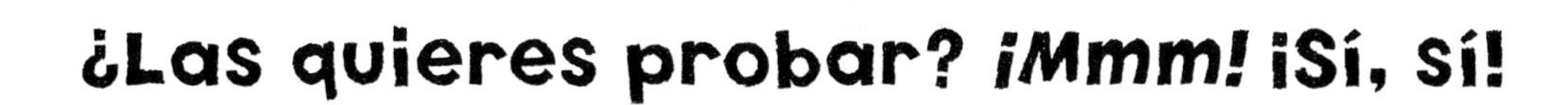
¿Las quieres probar? *¡Mmm!* ¡Sí, sí!

1, 2, 3, somos granjeros, ya lo ves.

¡Todos al chiquero! ¿Qué vamos a ver?

A la madre cerda a sus crías querer.

¿Ves a los cerditos comer y comer?

1, 2, 3, somos granjeros, ya lo ves.

Ahora en el prado, cortamos el heno.

Pronto secará bajo este sol tan pleno.

Rastrilla y junta.

Quiero un montón lleno.

1, 2, 3, somos granjeros, ya lo ves.

Allá en la loma, ovejas a contar.

Unas se perdieron y se oyen balar.

Mueve ese cubo y dales de cenar.

1, 2, 3, somos granjeros, ya lo ves.

Estos caballos vuelven al potrero.

¡Tienen mucha sed! Que beban primero.

Pon agua en el bebedero.

1, 2, 3, somos granjeros, ya lo ves.

De vuelta en casa, vamos a hornear.
Ya estamos listos, podemos empezar.
Mira que pastel, ¡todos a probar!

1, 2, 3, somos granjeros, ya lo ves.

Hay que:

Llevar a los ponis a su potrero.

Meter a los pollos en el gallinero.

Guardar a los cerdos en el chiquero.

Nos vamos a despedir; ya es hora de dormir.

Nos vamos a despedir; ya es hora de dormir.

El trabajo en la granja

Hay granjas en todo el mundo. Son lugares de mucho trabajo, donde las personas cultivan alimentos y crían animales. Es un trabajo duro, pues hay que alimentar y cuidar a los animales, así como sembrar los cultivos. Algunos agricultores usan abonos y productos químicos para aumentar su producción. A esto se le conoce como agricultura intensiva. Cuando los agricultores usan métodos agrícolas tradicionales, sin químicos, y sus animales están sueltos, se le llama agricultura orgánica.

La leche

Las vacas, cabras y otros animales se crían principalmente por su leche y carne. Una vez ordeñada la vaca, la leche es pasteurizada, es decir, se hierve y cuela para que dure más y para poder beberla y usarla para cocinar. La leche tiene muchas sustancias nutritivas como calcio, proteína y vitamina D. Los alimentos lácteos, como el queso, la mantequilla, el yogur y el helado, se hacen con leche.

Los huevos

Muchos granjeros crían pollos, tanto por la carne como por los huevos. Los pollos criados de forma intensiva viven en jaulas en el interior de almacenes, y nunca salen. Los pollos de campo salen a comer, estirar las patas y disfrutar del aire libre. Los huevos se usan en una gran variedad de comidas, pero también son deliciosos solos.

Las cerezas

Las cerezas son frutas. Son pequeñas y redondas, y los agricultores las cultivan en huertos. Se recogen cuando están jugosas y maduras. Hay cerezas ácidas que se usan para hacer tartas, mermeladas, jugos y batidos. Otras cerezas son dulces y se comen crudas.

Los cerdos

Los granjeros crían cerdos por la carne. El tocino, las salchichas y la carne salen del cerdo. Con la piel del cerdo se hacen bolsos y sillas de montar.

El heno

En los meses de verano, muchos animales comen solo pasto. Sin embargo, en el invierno necesitan más alimento, y también comen heno. En los prados de heno hay muchos tipos de pasto y de flores silvestres. Los granjeros siegan sus prados una o dos veces durante el verano, ponen a secar el pasto al sol y luego forman pacas que guardan. El heno tiene un olor agradable.

Las ovejas

Las ovejas son muy lanudas. En la primavera, los granjeros las trasquilan: les cortan la lana del invierno. La lana se lava, se peina y se hila para formar estambre con el que se hacen mantas y ropa. También se puede usar la lana como aislante en las casas. Las ovejas también se crían por su carne.

Los caballos

Antes de que existieran los tractores y la maquinaria pesada para realizar el trabajo de la granja, los granjeros usaban caballos para labrar el campo y transportar cargas en carretas. Hoy en día, los granjeros a veces usan caballos para juntar el ganado y las ovejas. También montan a caballo por placer.

¡Vivamos la granja!

Barefoot Books
2067 Massachusetts Ave
Cambridge, MA 02140

Vocales principales por Natalia Bernal
Música interpretada por Mike Flannery y Dan Flannery con violines por Jacob Lawson
Descúbrelos en su sitio de internet: www.flannerybrothers.com
Grabado, mezclado y masterizado por Mike Flannery, Nueva York
Animación por Karrot Animation, Londres

Publicado por primera vez en los Estados Unidos de América por Barefoot Books, Inc. en 2013
Esta edición rústica en español con CD fue publicada por primera vez en el 2013

Diseño gráfico de Katie Jennings, Nashville, TN
Separación de colores por B & P International, Hong Kong
Impreso en China en papel 100 por ciento libre de ácido

La composición tipográfica de este libro se realizó en Futura T y Spud AF Crisp
Las ilustraciones han sido preparadas y pintadas en gouache y acrílico sobre papel Arches y luego transferidas digitalmente

Edición rústica en español con CD ISBN 978-1-84686-860-3

Información sobre la Biblioteca del Congreso en la publicación de datos está disponible a petición

Traducido por María Pérez

3 5 7 9 8 6 4